KB076972

제비콩을 심으며

사십편시선 025

김광철 시집

제비콩을 심으며

2016년 8월 29일 제1판 제1쇄 인쇄
2016년 9월 5일 제1판 제1쇄 발행

지은이 김광철
펴낸이 강봉구

편집 김윤철
디자인 bonggune
인쇄제본 (주)아이엠피

펴낸곳 작은숲출판사
등록번호 제406-2013-000081호
주소 10880 경기도 파주시 신촌로 21-30(신촌동)
전화 070-4067-8560
팩스 0505-499-8560
홈페이지 http://www.작은숲.net
이메일 littlef2010@daum.net

ISBN 979-11-6035-002-9 03810
값은 뒤표지에 있습니다.

제비콩을 심으며

김광철 시집

작은숲

| 시인의 말 |

이제 초등학교 교사로서 40여 년의 순례 길을 접어야 할 시간이 되었나 보다.
그동안 만났던 수많은 사람들과 자연의 뭇 생명들 이야기가 귓가에 잔잔히 밀려온다.
이제 시간은 나더러 새로운 길 위에 서라 한다.
어느 길 위에 서 있더라도 낮은 데를 찾아 채우고 또 채워, 모두 우리가 되고자 하는 물의 모습을 닮으라 한다.
수능 시험을 앞둔 수험생의 마음으로 처녀 시집 『애기똥풀』을 내고 난지 다섯 돌을 앞두고 다시 『제비콩을 심으며』로 세상을 맞는다.
그동안 밀어주고, 이끌어 주신 모든 분들께 고마운 마음을 전한다.
참기름 향 솔솔 묻어나는 절편을 먹는 즐거운 상상으로 시를 대하며 더욱 정진하고자 한다.

2016년 여름, 김광철

| 차례 |

제1부 생명의 소리를 듣다

제2부 제비콩을 심으며

제3부 광장에서

제4부 휘파람새는 울고 있었지

제5부 핵 없는 세상을 향한 꿈

제1부

생명의 소리를 듣다

능소화 꽃님

초록이 갈등처럼 얽히던 날
한 치 앞도 분간하기 어렵게
뿌연 안개 뒤덮던 강변에선
영롱한 이슬방울로 결정을 이루었나니
아침 고요는 그렇게 균열이 가고
새벽 혼란은 그렇게 정리가 됩니다
그대 향기 온 여름날을 지배하는
강력한 도그마로 다가오니
뜨거운 한철을 지배하는 이데올로기가 됩니다
수의 논리로 다가오는 개망초마저도
그 붉고 화사한 미소로
감싸 안아버립니다
능소화 꽃님은

겨울 숲

하얀 고요가 뒤덮인 비탈에는
산 타는 사람들이 내 놓은 발자국들만
어지럽게 흩어져 다져진 꼬불 길밖엔
들고양이 한 마리 지나갔다는 흔적도 없다

도토리 줍던 다람쥐는
어느 참나무 구멍에서 편히 잠이나 잘 들었나
팥배나무, 개벚나무, 귀룽나무 사이를
찌익찌익 활공하던 직박구리의 곡예도 잠들었다
주홍박각시나방 꼬치는
짓누르는 눈덩이의 가위눌림에 가쁜 숨 몰아쉬고
그믐밤 정적을 깨는 여린 빛은
동고비의 옅은 숨소리마저 집어삼킨다

세상의 생명붙이란 것들
차디찬 눈깁을 빨아먹고 취해 있는가

가던 시계도 멈추었고
온 세상이 다 멈추어 섰다
온 생명이 잠시 숨을 고르고 있었다

그래도
영하 15도 추위 열흘에
찬란한 부활을 꿈꾸는
진달래 꽃망울의 작은 소망도
어둠 숲을
숙명인 양 지켜 서 있는 노간주나무 가시 잎도
오들거릴지언정
동사했다는 오명의 역사를 쓸 수는 없단다

한 시대를 호령했던 당당한 갈기머리로
늦가을 한 줌 햇볕의 온기를 풍장하여
하찮은 자존감일지언정 최후의 순간까지 놓지 못하는

굴참나무와, 단풍나무의 울부짖음만 가득 넘쳐나고 있었다

노루귀

겨울 제국의 압제를 뚫고
숲속에 난 작은 길, 오솔길로
숨어 숨어 탈출해 나왔는가
해방과 자유를 향한
환희는 잠시 접었는가
분홍, 하양, 파랑의 옅은 톤 이고
아직도 그 사선을 넘으며 조였을
마음의 무게가 짙게 배어난다
미지의 세상에 던져진 자의 막연한 두려움으로
새로운 도전에 대한 긴장감인가
수줍게 수줍게 까치걸음으로 다가오는
내 아가의 순수함이런가
심장 소리의 세찬 여진이
아직도 넘실거리는 풍도 바다의 파도를 타고 있다

보춘화 피던 시절

얼마나 가슴 뜨거운 사랑이었기에
하얀 추위에
숨죽여 토해내던 입김조차 걷어내고
그리움은 장강이 되어 한없이 침잠하는가
진동으로 돌려 놓은 전화기의 벨 소리마저
잠들어 버린 시간에
쬐그만, 아주 쬐그만 온기마저
잠들어 버린 지 오랜 시간 속으로
무거운 침묵을 헤집고
두툼한 굴참나무 잎 들추며
가녀린 숨결 사알 살 불어넣는 이 있나니
그 인기척에
그리움은 지쳐 화들짝 울어버렸네
이제나 저제나
얼마나 기다리던 임 소식이었는데
설운 잠결 화들짝 들러업고

마음은 한길을 내달리고 있었다
자중자애해야지 다짐하며 마음 추슬러 보건만
이미 넋 나간 지 오랜지라
속옷 차림인 줄도 모르고
마냥 반가운 마음에 먼저 저만치 달려나간다
바튼 숨 몰아쉬며
붉은 마음 한 입 가득 물고 우뚝 멈춰서
빨개진 볼로
차마 민낯으로 뵈올 면목이 없더이다.

겨울비

겨울비가 추적추적 내린다
이 엄동설한에도
비집고 들어올 틈새는 있었단 말이지
언제 영하 13도까지 떨어졌나
나무라는 기색도 역력하게
매연 공해 색조로 엄습해 온다
큰길 가장자리
염화칼슘의 강압에 빛바랬던 잔설의 칙칙함을
한순간에 거두어 가는 그의 신기에
숨죽이고 탄성을 지른다
이런 자연의 조화에 감탄하면서
첫사랑의 순결이
은빛 미래로 결실 맺던 아름답던 날들을 기억한다
팍팍한 일상의 질곡에 갇혀 숨쉬기조차 힘든 도시인들을
위해
메시아가 되어 다가온다

작디작은 파편으로 해체되어 비산하는 마음들을
불평 한 마디 없이 쓸어 담는
마음 넉넉한 미화원의 사랑을 배운다

산자고

누구나 쉽게 알아봐 주지도 않는 비탈에서
다가올 봄을 그리며
꽁꽁 얼어붙은 땅 속에서도
숨죽여
마음 졸이며
살아온 인고의 세월에 대한 덕일까

그대!
따스한 햇살 내리쪼이는 졸참나무 아래
오롯이 피어 세상을 밝히누나
지난 겨울은 몹시도 추웠지요?
하지만 환희의 이 날을 그리며
참고 또 참으며 살아왔어라

호사다마련가
심술궂은 봄눈이 한바탕 휩쓸고 지나간다

여리디여린 그 가냘픈 볼 위로
사정없이 후려치는 봄 눈바람의 심술은
가슴의 응어리가 되어 다시 묵묵히 쌓인다
이 차디찬 시련의 세월을 딛고
더욱 강건해야 한다
더욱 지혜로워야 한다
멀리서 작디작은 응원의 함성이
이명처럼 다가오고 있다

용문산 은행나무

수억 년 세월을
조려내어 빚은
색조의 명도는
시월 그믐밤을 밝히기에도 부족함이 없다
천년 세월을 지키고
우뚝 선 위엄 앞엔
만휘군상이 엎디어 부복해 있다

천하의 중심이요
오행의 중심에 서서
수백 제후를 거느린
태황제의 위용으로
천하의 지존임을 확인한다

이 가을도
당신으로 인해 풍성해지고

당신으로 인해 고결해진다

세상엔 영원한 것이란 없나니
권력도, 재색도, 위용도
한 떨기 바람 앞에 고요히
황백의 가을비로 산화해 간다

세상을 풍미했던 권세도
오르가즘 뒤에 오는 허탈함인가
자연 순환의 섭리에 순응하니
명년 봄 기약하며 다 내려놓는다

태백산의 고사 주목

한반도 중심에 우뚝 솟아
살아 천년, 죽어 천년
장승같이 버티고 선
이 땅에 살았던 뭇 생명들의 자취를
살결 속속들이 저미어 간직하곤
화석 아닌 화석으로 남아
오늘에 전한다
권력은 유한하고
욕망은 허망한 것
잠시 잠깐
왔다 가는 인생
대의와 정의의 길 위에
짊어진 짐 다 내려놓고
태백 준령 넘다 지쳐
손목 붙드는 구름 이야기도 듣고
귓속말 속삭이는 바람의 넋두리도 들으며

춘삼월 따뜻한 봄날에는 초록 이야기도 듣고
동지섣달 매서운 눈보라의 채찍질 소리도 들으며
삼라만상을 내 안에 품는
선인으로 살라 한다

닭의장풀

당신은 북부여 해모수의 후예인가
척박한 땅 만주벌
가는 곳마다
발에 밟혀 뒤틀리고 짓이겨져
석 달 가뭄에 배겨낼 수 있나 했더니
아침 이슬 몇 방울로
세수하고 분발라서
배시시 살짝 웃으며 일어나
아무 일 없다는 듯
연남색 비단 장옷 걸치고
지아비 찾아 나서는구려
벌 나비가 지아비로 둔갑하여 이 가련한 여인에게
눈길이나 한 번 제대로 주겠는가마는
그런 남정네를 찾질 못한다면
이가 없으면 잇몸인지라
온몸으로 스스로를 감싸 안고

그 품에 다시
딸 아들 품어내니
갖은 삭풍, 북만주 칼바람에도
끄떡없이
척박한 대지를 딛고 세월을 호령하며
대대손손 영원하다
그대
천년 사직을 온몸으로 품어 안은
고구려의 어머니

백련 그림을 감상하며

개연, 왜개연, 남개연. 백련……
이 년, 저 년으로 농을 던지며
그 기품에 홀딱 빠졌다

생명의 씨앗을 잉태하고
장맛비의 세찬 푸닥거리 사랑도 받고
끈적임에 잠 못 이루던 밤에도
휘영청 밝은 달은 살며시 다가와
사랑의 밀어를 속삭이고 가곤 한다

새벽녘 작은 굼부리 안
소복이 맺힌 진주의 영롱함도
한낮 더위에 지쳐
고추잠자리 날갯짓도 잠들던 시간
황금빛 희망과 기품은 그렇게 영글어 가고 있었다

사진기에 담고 또 담아
모니터 화상에서 다시 그 감흥을 찾아보건만
글렀다, 글렀어

청아한 진주의 비췻빛도,
홍갈색 씨앗의 단아함도,
그 작은 연못의 형상조차 온전하다만
넋이 나간 것이다
형체만 있는 예쁜 미이라를 보며
실망한다

그런 사색의 시간을 넘어
한 예술가의 손길에 넘겨지더니
다시 출렁인다
꿈틀꿈틀
도도하게 새로운 기운의 혼으로 거듭나서

그렇게 생명은 다시 살아나 출렁인다

인간이 생명을 재창조할 수 있는 재주가 있음을
경이로운 눈길로 바라본다

사위질빵

우리 식물 이름을 들여다보고 있노라면
해학도 그런 해학은 없다
개불알풀, 도둑놈의갈고리, 며느리밑씻개……
여기에 사위질빵과 할미밀빵까지

나무라는 것이
나무 같지 않게 야리야리하게 태어나
그 줄기를 약간만 힘주어 꺾으면
뚝뚝 끊기는 품 하며
강건한 이웃들에게 빌붙어
덩굴손 뻗으며
애원하고 사정사정하는 꼴이 안쓰러워
잡아끌어 준 팔이
한여름에는 훠이훠이 내저으며 사방으로 뻗어
언제 그랬냐는 듯
온 세상을 하얗게 지배한다

꽃 안의 수술들은
수정 귀고리처럼 치렁치렁 매달려 향수까지 뿜어대니
벌, 나비들 문전성시 이루어
연일 혼사 맺느라 바쁘다

그렇게 맺어진 결실들이
민들레 관모를 빌려 타고 두둥실
산천을 넘나들며 이곳저곳에 자식들 내려놓으니
자기들 세상 널리널리 퍼지는 재미에 빠져
한여름 날 시계도 잠시 멈춰 섰더라

개구리 알

안산시 어느 골짜기 논두렁에서
겨우겨우 찾은 너

미끈미끈
흐물흐물
미음 같은 알집 안에
예쁜 방 마련하곤
고이고이 잠들어 있네

좋은 세상 만나 잘 자라기를 염원했을
네 엄마의 마음을 생각하니
내가 못할 짓을 하는구나

낮이면 따뜻하게 덥혀진 물
밤이면 차가운 바람과
때론 꽃샘추위에 찬바람도 맞으며

그렇게 깨어날 날을 기다리는 너를

네가 자라는 모습을 공부하고 싶어
네 엄마한테는
미안하고 미안한 마음 깊이 가다듬으며
너를 데리고 온 교실

아이들은 환호성이지만
내 마음은 편하지 않다

잘 자라다오
잘 자라다오
그렇게 잘 커다오
빌어보지만

밤이슬, 땅의 기운 다 받으며

해님, 달님, 별님의 사랑을 다 받아야
잘 자라 튼튼해지거늘

좁은 어항에 가두어
잘 키운다고 주는
정제된 먹이가
살이 되고 뼈가 되겠는가

스트레스 마구 주면서
제대로 자라기를 바라는 내 마음은
편하지가 않구나

네 가슴에 깊은 멍 자국만 남기는구나

갈대밭 길을 걸으며

"어머, 갈대가 우릴 불러요"
"들어보세요"
사각사각
"아, 그렇군요"
함께 걷지만 내가 더
무슨 말을 보태야 할까

몸이 많이 힘들어 한다
살짝살짝 곁눈질로 들여다보는 그의 볼빛
파리한 갈색으로 변해 있다
심란한 오후

가을이 이제 진한 색조 드리우고
시궁창 물 위에도 고즈넉이 내려앉아 있다
그 냄새, 그 저린 빛깔까지
온통 갈빛 풍요로 덧칠하고 다가오니

살랑이는 물결이
어둑한 마음을 한결 가볍게 한다.

병색 머금은 그 눈빛의 안쓰러움조차도
강렬한 의지와 집념을 앞세워
나를 위로하는 여유가
흩날리는 대지의 짙은 갈색 톤과 어우러지니
이 시간만큼은 세상이 다 편안하다,
온통 갈색인 세상

아름다움을 짓기 위하여
떨리고, 조리고, 뒤척이며
잠 못 이루던 밤까지도
힘들고 지친 몸과 함께
온 대지 다 뒤덮고 있는 풍요로 덧칠하여
안락과 평화의 품에 살포시 안기소서

제2부

제비콩을 심으며

학년을 맡으며

해마다 이맘때면 도지는 병
일 학년부터 육 학년을 넘어 교과전담까지
어디를 맡을까
고민에 고민을 한다
며칠 전부터
백 미터 달리기 출발선에 선 아이처럼
작년에는 함께 해 보자고
조르는 후배들도 있었는데
올해는 없다
나를 읽었는가
부끄러움인가
달아나고픔인가
마음 곳간 한가득 쌓여오는 상념들
자잘한 생각부스러기들 넘쳐난다
어디는 기피
어디는 선호

육 학년은 힘들다지만 한 번은 해야지
이 학교를 떠나기 전에 한 번은
그래야 당당할 테지
그러면서도 어쩌지 못하고
밀려오는 번민 덩이들
그런 마음 읽기나 한 듯
나까지 보태지 않아도 될 만큼 채워졌다
나머지를 훑어보며
생각을 내려놓는다
그냥 다시 해도 될 것 같다고 위안을 삼지만
그래도 무겁게 저며오는 한 가닥 번민까지야
애써 내려놓으며 돌아선다만
어쩌지 못하는 여전한 가위눌림

새 학년 우리 선생님은

젊은 남자 선생님이었으면 좋겠다
체육을 잘 하실 테니까

차라리 젊은 여자 선생님이면 좋겠다
아무래도 덜 무서울 테니까
체육은 막 졸라서 하면 되지

그것도 아니면
나이가 들었어도 남자 선생님이면 좋겠다
체육을 그래도 잘 하실 테고
덜 엄격하실 테니

나이가 드신 여자 선생님이어도 할 수 없다
선생님 하자는 대로 고분고분 말 잘 들으며 일 년만 보내
면 되니까

6학년까지 올라오면서 만나 본 여러 선생님들
나이도, 남녀도 크게 상관없어
선생님마다 제각각 다르신 걸

이 아이들을 어찌할 것인가

선생님, 경수가 목을 졸랐어요
선생님, 진영이가 신발주머니로 때렸어요
선생님, 민주가 욕했어요

시도 때도 없다
경수야, 너 준혁이 목을 졸랐니?

걔가 먼저 그랬어요
그런다고 너도 따라 그러면 되니
왜 그런 위험한 일을……

진영아, 너 신발주머니로 친구 때리면 안 되지?
주영이가 먼저 그랬어요

민주야, 욕하면 나쁜 어린이야
선진이가 먼저 그랬어요

친구가 먼저 그랬으니
나도 그렇게 보복을 하는 것은 당연하고
나는 억울하다

친구가 욕한다고
따라 욕하면 똑같이 나쁜 사람이야
다음부터 안 그럴 거지?

알았어요
그것도 잠시
경수가 또 목을 졸랐어요
이 아이들을 어찌할 것인가, 선생님은?

피자 사던 날

담탱이를 고발한다며
아홉 가지 죄목 고발장 적어 들고
교장실 찾아갔던 아이들

체육 시간에 힘들어 주저앉아 있는데 나 몰라라 팽개쳤다는 죄목
농구 하는데 더블드리블 선언을 했더니
반칙이 아니라고 억지를 쓰길래, 화를 내며 공을 던졌다는 죄목
'돼지새끼'라고 욕했다는 죄목
나머지 기억들은 가물가물

사실인 것도 있지만 사실이 아닌 것도 있는데,
해명도 변명도 필요 없이 일방적인 죄인 신세가 된다
정년을 앞둔 마지막 해에 이 무슨 해괴한 일이란 말인가
괜히 6학년을 한다고 호기를 부렸나?

다 팽개치고 싶은 몇 날 며칠
자유와 자존을 위한 아이들의 투쟁과
교사 권력이 부딪히는 지점에서
신음하는 혁신학교 교실
시간이라는 약 처방으로 자신을 곱씹으며
결국은 아픈 만큼 성숙한다는 진리를 확인했던 날들

자장면은 싫다고 하여
피자 여섯 판에 콜라도 몇 병
지난날 공부 시간에 저주받았던 먹거리도 이날만은 다 용서가 된다

스무 명 중 둘만 빠지고 다 몰려왔다
둥지를 벗어나 나는 연습을 하다 다시 둥지를 찾아든 아기 새들처럼

내년에도 그 둥지 찾을지 모르지만
어미 새가 그 둥지 지키고 있을 거라 믿을지 모르지만
사십여 년 세월이 저만치 멀리서
미련과 회한도 다 내려놓으라며
하얀 손수건 흔들고 있다

화전 만들기

진달래 분홍빛 고운 색깔
지짐이 위에 얹으니
하얀 떡이 분홍분홍 예쁘다

봄 들녘의 연둣빛 쑥 색깔
지짐이 위에 얹으니
하얀 떡에 봄의 마음이 살며시 내려앉는다

제비꽃 보랏빛 진한 마음
지짐이 위에 얹으니
하얀 떡이 도리어 자연으로 돌아온다

맛 낸다고 찍은 꿀맛보단
옛 할머니들 정성이 되살아났나
그대로 맨떡 맛이 더 낫다

물총 싸움

생수병, 마요네즈 병, 음료수 병
마개에 구멍을 뚫고
물 한 병씩
가득가득

남녀로 나뉘어
서로 상대편을 겨냥한다
"쏘아라, 쏘아라"
선생님이 요 시간만은 싸워도 된단다

평소에 나를 괴롭힌 아이들
요럴 때 나도 한번 되갚아 줄까
마구마구 뿜어내니
서로서로 지지 않을세라
물러섬이 없다

물이 먼저 떨어진 아이가
걸음아 날 살려라
줄행랑치면
다른 아이들은 그 친구 쫓아가며
마구마구 쏘아댄다

살금살금
등 뒤로 다가가
잽싸게 쏘아대기도 하니
맞은 아이는 기겁하여 도망간다

선생님한테도 몰래 다가가
마구 쏘아대니
"나는 아니란 말이야!"
아랑곳하지 않고 마구 쏘아댄다
크크크

이런 기회가 어디 있어?

선생님은 양팔을 들고
“항복, 항복”
그래도 못 들은 척
마구 쏘아대는 녀석들

우리 반 지영이

나는 우리 반 지영이가 싫다
같은 모둠이라
같이 청소도 하고
같이 과제를 할 때도 많지만

덩치가 크다고 약한 아이들을 괴롭힌다
선생님이 안 보는 청소 시간에는 빈둥대다가
선생님이 오시면 열심히 하는 척 한다
그러다 선생님이 가시면 언제 그랬냐고
"야, 진수 이거 해, 민지 잘난 척 하지 마"

아이들은 지영이 앞에서 말은 안 하지만
복도나 화장실에서 지영이 욕을 한다
그러다가 지영이가 보이면 언제 그랬냐고
친절한 척 한다
난 지영이도 싫지만

그런 우리 반 아이들이 더 싫다

감자

선생님은 감자를 칼로 쪼개셨다
심어 가꾸기 위해
저 감자는 얼마나 아플까
온몸이 잘려 나가는 아픔을 당했는데

만들어 놓은 이랑에
모종삽 자루만큼
구멍을 뚫고
잘린 감자 한 알씩 곱게 묻었다
흙을 덮어 주곤 꼭꼭 누르며
잘 자라주길 바라며

희한하다
그 잘린 고통을 이기고
감자는
뽀송뽀송한 털을 단 손을

쏘옥쏘옥 내밀더니

낮에는 해님도 어루만져 주고
지나가던 쇠박새도 쯔삐쯔삐
하얀 꽃이 피는 유월이 오면
희고 노란 나비들도 축복의 춤을 추어준다

그렇게 시간이 가고

한 줄기, 한 줄기
뽑아 올리니
주먹만 한 녀석
콩새 알만 한 녀석
줄기줄기, 대롱대롱

우와!

쪼개진 아픔을 이기고
해님, 달님, 별님, 바람님, 새님, 나비님……
온 이웃들 보살핌이
사랑으로 한가득 넘쳐나는
신은초등학교 옥상 텃밭

꼭두각시 춤을 추며

짝꿍 어깨 토닥토닥
왼쪽 얼굴 한 번 보고
오른쪽 얼굴 한 번 보고
손 마주 잡고 빙글빙글

오른발도 콩콩콩콩
왼발도 콩콩콩콩
연지도 찍고, 곤지도 찍으며
왼손, 오른손 마주치며 덩실덩실 더덩실

색동 한복 펄럭펄럭
복주머니 덜렁덜렁
흥겨운 우리 가락
엉덩이는 들썩들썩

뜽침 놓고 달아나며

메롱메롱 놀리던 내 짝꿍
잡히면 혼내주려 했건만
꼭두각시 네 손 잡으니 가슴은 콩닥콩닥

자식이 뭐길래

학부모 총회에서 학부모회 임원들 뽑는 날
다들 살살 눈치를 본다.

고학년이면
아이가 회장인 엄마가 하라고
옆에서 부추기면 어쩔 수 없이 그 엄마가 하지만
회장도 없는 1학년에선
그렇게 시킬 명분도 없지

담임은 하는 수 없이
제일 청소를 열심히 도와주는 은형이 엄마를 지목한다
하교 시간에 은형이 데리러 왔다가
다른 반 엄마들 청소하는 거 보고 모른 척할 수 없어
들어와 청소를 도와주던 엄마
젊고 이지적으로 생겨
궂은일엔 내숭을 떨 것 같건만

자식이 뭔지

쑥스러워 하면서도 담임이 간곡하게 부탁하니
딱히 거부를 못 해 쭈뼛거리는데
주변에선 박수 소리 넘쳐난다
이어서 나머지 한 사람 차례,
은형이 짝꿍인 성은이 엄마가 지목당해
마지못해 또 같이 나선다

그 은형이 엄마가
요즘 신이 났다
매일매일 남아서 청소를 한다
오늘은 학부모들 몇 명 동원하고 와서 뒤의 작품란을
확 뜯어 고친다

자리가 사람을 만드나

사람이 자릴 만드나

책임감이 무엇인지

14개월 된 동생은 누구한테 맡겨 놓았는지

대동의 한판 춤을

그래, 그거다
그 자리엔 담임이다 학부모다 구분도 없다
굳이 찾을 이유도 피할 이유도 없다
마주치면 반갑게 눈인사 나누면 된다
거기엔 우리만이 있을 뿐이다

혁신학교 서울신은초 삼 년의 믿음과 존중이 모두 다 어
우러진다
그 자리엔 교장도, 학교운영위원장도, 다모임 의장도 없다
선후배의 옷도 모두 벗어던지는 거다
필요한 돈은 공모사업을 통하여 마련했으니
돈에 대한 부담도 없다

이 핑계, 저 핑계를 대면서
슬슬 빠지려는 교사들도 안 보이고
엄마들도 먹을 거 바리바리 싸 들고 올 걱정도 없다

담임 눈치를 볼 이유도 없다

누가 시키지도 않았는데
자진해서 나선 응원단장들
굳이 이기겠다고 악다구니까지 쓸 필요도 없이
다만 열심히 할 뿐이다

혹시나 담임이 나이가 어리다고
학부모들이 무시하거나 얕보지 않을까
자격지심조차도 다 내려놓는다
내가 열과 성을 다하여 다가가는 아이들에게
내가 정성을 다하여 대하는 학부모가
어찌 나를 마뜩잖게 여길까

자부심을 갖는 거다
학부모들을 끌어안아

그들을 교육의 파트너로 내세우는 거다
편한 마음으로 나설 수 있도록
멍석을 깔고 춤을 출 수 있게 하는 거다
그게 혁신이 아니겠는가

아쉬운 건 아이들이었지
어제 거기엔 아이들이 빠졌어
우리 아이들 말이다
그렇게 교육의 삼주체가 어우러지는 거다

내년에는 아이들도 채워 놓고 하는 거다
보여주려고 몇 날 며칠씩 연습하는 그런 운동회 말고
큰 준비 없이도 모두 뛰쳐나올 수 있는 큰 마당
거기에 동네 사람들까지도 어우러져
신은벌 떠나가라고 맘껏 외쳐보는 거다

대동의 한판 큰 춤을 추는 거다
서로 보듬어 얼싸안고 눈물이라도 펑펑 쏟는 거다
그래서 우리임을 확인하는 거다

갯벌 가는 날 아침

150밀리미터의 장맛비가 쏟아진단다
어제 가정으로 편지를 써서
비가 오면 다른 프로그램으로 대체해서라도
갯벌 체험 학습은 강행한다 했건만
교사를 못 믿는 건지
혹시라도 하는 불안감 때문인지
오기로 약속한 아이들은 절반밖에 오질 않았다
그 넓은 대절버스의 빈 자리를 보며
아깝다
아깝다
되뇌이며
섭섭한 마음이 목울대까지 밀려온다

세상사, 백이면 백 사람이 다 다르다는 걸
그 이치를
그 원리를
쉽게 인정하지 못하여 속앓이 해 온 고집불통을

하루아침에 내던질 순 없어도

시간 앞엔 장사 없는가
날카로운 칼날도
모진 돌 조각도
세월의 풍화를 이기지 못하거늘
하물며, 하물며
내가

제비콩을 심으며

5층 위 옥상까지 점령했을 법도 한데
4층이 한계였나
아쉬움인가
미련인가
올해 또 제비콩을 심는다
울타리 밑에

가야 한다
나는 가야 한다
은은한 자줏빛 연정 놓아두고
나는 가야 하는 것이다

이천여 눈길 한 곳에 모았던 그 열망
받쳐주고 지탱해 줄
머슴도 이제는 늙어
보내야 하는 것이다

그를 지탱했던 동아줄 붙들 힘이야 없겠냐만
그를 붙들 수 없다
거두어내야 하는 인연의 줄을
애써 태연한 척 외면해야 한다
하여
굳이 울타리 밑에 심는다

그중 몇 알이라도 살아남아 있다면
또 달리 머슴을 자처하는 사람 나타나겠지
그 꿈을 안고 울타리 밑에
오늘도 제비콩 몇 알을 심어 놓는다

제3부

광장에서

간식

먹어야 산다
생명을 부지하기 위해선

하루 세끼 꼬박꼬박 챙겨 먹어야 하는
일상의 권태에서 벗어나
후각도 자극하고
미각을 자극할 수 있는 음식이라면
산해진미가 아니어도 좋다

고단한 세상사
뱅글뱅글, 지근지근 돌아버릴 것 같은 날들
차분하게 어루만져 줄
마음의 먹거리가

그렇게
먹고 또 먹어서

속은 아려온다 할지라도

오늘따라
쓴 커피 한 잔
향 좋은 한라봉 한 조각
그런 간식이 그리운 거다

왜 넌,
기꺼이 그런 간식이 되어 주질 못하나

마디

우리네 인간살이
운명이라는 업을 안고 태어났거늘
다 읽을 수도 없고 드러나지도 않았기에
세상에 나와서
유치원, 초등, 중등, 대학
하나하나 학교라는 마디를 만들고
그 마디 하나하나 넘어설 때마다
새롭게 다짐도 하고 결기마저 드러내 보이며
뭔가 일을 낼 듯한 기세로 덤벼들지

세상 모든 일이
내 뜻대로 풀리지 않는다는 것을 안다만
그래도 놓을 순 없지 않은가
죽음이라는 마디로 매조질 때까지

개천에서 용 난다는 믿음으로

도전에 도전을 해 보지
요런 요행수가 옛말이 되어버린 지 이미 오래이건만
용이 아니면 이무기라도 되는 꿈을 안고 말이지

마디마디 넘어설 때마다
생각을 다지고 고쳐먹으며
다짐하고 투지를 불태우며
태생의 한계를 넘어서기 위해 몸부림을 치지

이십 년을 더
이십 년을 덜
얼마나 잘 살았는가
세상이 알아주길 은근히 바라며
오늘도 한 매듭을 넘고 있지

프리즘 같은 마음

일곱 색깔 프리즘 같은 사람 마음
그 프리즘 빛의 파장 차이가 무지개를 만들 듯
사람 마음속에 들어 있는 일곱 색깔 중
1년 전에 보여주었던 단파 파장 빨강이
차츰차츰 옮아진다

남색을 뛰어넘어 보라에 닿으면
더 표현할 색깔이 없어
태양도 희미해지는 저녁 시간

이 시간의 궁핍함이
이 저녁의 피로가
참고 참았던
그 간의 모든 긴장
한숨에 묻고
체념의 나락으로

곤두박질치고 만다

사랑

살아 있다는 건
사랑

받을 것을 기대하지 않으면서도
넓은 품 열어 놓는
관심

물질이 아니어도
마음으로는
여는 것
한없이

메아리가 없어도
한없이

봄바람은 언제나

차디찬 삭풍이 온 대지를 휩쓸며 찾아드니
굴참나무 가지에 매달려 차마 떨어지지 못한 가랑잎에도
꽁꽁 얼어버린 강 위에서
날개 춤에 머리 처박고 졸고 있는 청둥오리 발가락에도

폐지 줍다 지친 몸 홀로 누워 있는
지하 사글셋방 팔십 할머니 정강이 품으로도
머리맡엔 마시다 남긴 소주 병
세 치는 됨직한 턱수염에
콧물, 땟국 절은 해진 점퍼 차림의
50대 가출 가장을 덮고 있는 신문지 틈으로도
공짜 폰, 개점 광고 찌라시 돌리는 20대 대졸 청년
목장갑 실밥 사이로도
영하 20도의 고추바람은 사정없이 후벼 파고 듭니다

저 칼바람이

번듯한 회사에서
매달 꼬박꼬박 월급 받는
셀러리맨의 아파트 문틈이라고 피해가진 않습니다

재벌 회장님
고위 공직자들
전문 직종, 사회 지도층
지역 유지, 토호들의 저택이야
워낙에 방한, 방풍이 잘 되어 있어
제아무리 매섭게 파고들려고 해도
감히 그곳은 넘보질 못합니다

동지, 섣달만 넘기면
남녘에서 살금살금 다가오는 실바람이
얼음장 밑으로도 스며들고
갯바위 밑 몽돌 틈으로도 파고들어

겨우내 동동거리던
생강나무 가지를 흔들어 깨울 테지만

폐지 줍던 할머니와 노숙 아저씨
일자리 없어 헤매는 젊은이의 가슴 속 파고들
봄바람은 언제쯤 불어오려는지

동지가 아직도 멀었는가?
한기는 나날이 거세어지니
절기조차 얼어버렸는가

입춘, 청명절이 오긴 오는 건지
꽁꽁 얼어버린 겨울나라에도

망초

경술년 국치일
그 뜨겁던 여름날
온 산하 파죽지세로 덮다 말고
알 듯 말 듯한 허연 웃음 흘리며
하얀 소복으로 갈아입고는
꽃이라곤 피운 것인지 닫은 것인지
알 수 없는 형상을 하고 섰다

내 비록 서양 불청객의 처지지만
나라 잃은 비통함에 젖어
삼천만 형제들이 울고 있는 이 땅에서
어찌 민망하게 웃고 서 있을 수 있겠는가

할복을 하고
목을 매고
곡기를 끊으며

항거하는 조선인들의
애통함을 어찌 외면할 수 있었겠는가

내 비록 조선 땅을 밟은 지 오래지 않다만
한 나라의 명운이 다 하는 날
화사한 웃음으로 시절을 풍미한다면
아무리 조선의 예의범절을 모르는
서양 상것일지언정
그럴 순 없다

상주로 나서서 곡은 못할지라도
곡쟁이로 나서서
망국의 서러운 혼들 위로함이
이 땅에 얹혀사는 객식구의 처세가 아니겠는가

그런 너를 보며

조선 사람들은
이 치욕을 영원히 잊지 않기 위하여
'망초'라는 고약한 이름 붙여
그날만 오면 너를 부르며 와신상담한다

광장에서

이만 개의 촛불이
어둠을 덮치고 있었다
분노의 촛불이 쓰나미가 되어 광장을 뒤덮고 있었다
다들 한 마디씩 할 말이 차고 넘치는데
그걸 누가 대신 해 주질 못하고 있었다
답답함을 넘어 끓고 있었다
그 무덥던 여름날 더위쯤은 물론
없는 돈도 시간도 모두 쪼개며
이심전심의 성난 파도로 밀려들고 있었다
방송과 신문이 공기가 되어
민중들 목소리를 대신해 주고
그들의 가려운 곳을 긁어 주길 바랐는데……
기자라는 사람들이 쫓겨나간다
여의도와 세종로에 더 이상 기대를 접었는가
그 권부들이
정의와 민주주의가 넘실대는 심연의 바다이기를 바랐는데

당리당략과 왜곡과 외면, 기만과 물리적 힘만 난무하니
성난 민심은 촛불이 되어 광장으로, 광장으로 몰려들고 있었다
배신과 질곡으로 점철된 역사의 한복판을 관통해 온 날들을 곱씹으며
광장은 이내 분노의 물결로 뒤덮혀
부당한 권력을 경고하고 있었다

찔레꽃 피던 날

2014년 오월 어느 날
서울의 안산엘 올랐다
오르는 걸음걸음마다
발아래에는 하얀 눈물 흥건히 고여
이 봄이 하얗게 울고 있었다
엄마를 애타게 찾다
지쳐서 쓰러져 있는 세월호 아이들의 혼이
소복히 쌓여 이룬 결정이런가
밤마다 꿈결에 딸아이 부르며
바다 속을 헤매다 지친 엄마의 한이런가
옅은 향 내음 모락모락 피어오르는 봄날
나그네는 차마 그 옆을 스쳐가기조차 미안했다
주검이나마 어서 엄마 곁으로 돌아와다오
그래서
모녀의 하얀 눈물 고이 거두어서
천상에서나마 다시 어여쁘게 피어올라

우정도, 사랑도, 공부도 원 없이 하는 날
그날을 고이고이 빌어본다

인간은

나무는 세 그루만 모이면
세상을 밝게 하는데
인간은 셋만 모이면
세상을 흐리게 한다

나무는 세 그루만 모이면
서로 양보하며
숲을 이루는데

인간은 셋만 모이면
서열을 만들고 줄을 세워
권력을 만든다

나무가 숲을 이루어
벌레를 불러 먹을 것을 주고
새를 불러 둥지를 주는데

인간의 권력은

서로 더 갖겠다고

싸우고 뜯으며

세상을 더럽힌다

사람들이 살고 있었네

설빙이 둥둥 떠다니는 발트해 선창가
분주하게 타고 내리는 손님들
밤새 주린 배를 아직 못 채웠는지
재갈매기 무리들은 배 주변을 오르내린다
어젯밤 늦은 술자리에 잠이 덜 깬 탐방객은
분주한 틈을 비집고 카메라질을 열심히 해댄다
리어카에 실린 양배추며 당근, 무
작은 트럭에 실린 북대서양산 연어 살과 고등어 살
한 접시 회를 떠 소주라도 한 잔 하고 싶다마는
이 새벽시장에선 그 흔하던 광어, 우럭 살 한 점 보이지 않는다
뻘건 연어 살들만 널려 있는데 왜 이리 비싼가
한 도막에 15유로, 20유로, 이건 아니다
국적도 불분명한 오렌지는 한 그릇에 5유로이고
망고, 귤 등 열대 과일도 넘쳐난다
함부르크 시청 뒤 멋쟁이 신사 숙녀들은 다 어딜 가고

이곳 새벽시장엔
찬 공기는 입김이 되어 폴폴 날리는가
덥수룩한 누런 수염 날리는 뚱뚱한 사내
화장기 없는 얼굴에 검정 머플러 둘둘 둘러맨 중년 아줌마
검고 거무죽죽한 입성에서 깨재재함이 넘쳐난다
시장 한복판에선
새벽부터 누렇고 까만 맥주가 철철 넘친다
술기운에 덩달아 흐느적대는 음악이 흐르니
한국에서도 흔하게 듣던 '와엠시에이'가 흥겹게 넘쳐흐른다
한국의 남대문 도깨비 시장을 그대로 옮겨다 놓았다
그 분위기에 몸을 던진다
새벽에 맥주 한 잔 마시며
함부르크 항구에선 함부르크의 서정이 있는 법
금세 날은 밝아오고
썰물이 되어 언제 그랬냐는 듯 항구엔 일상의 조용함이 내
리 깔리고 있었다

돌아서서 전철역으로 향하는데
아까 보았던 굴다리 밑의 그 중노인은
아직도 담요 둘둘 말아 뒤집어쓰고
모자 위의 동전 몇 닢은
더 쌓인 것도 없어 보인다
하루가 고달프게 함부르크의 하루는 시작되고 있었다.

제4부

휘파람새는 울고 있었지

나의 할아버지

흰색 수염은 손가락으로 헤아릴 만큼 드문드문
머리카락도 드문드문
주름도 없이 검붉게 그을린 낯빛
얼굴 가운데 알맞은 크기로 자리 잡은 코
시집 와서 할아버지를 처음 뵌 사촌형수
"할아버님, 참 미남이시다"

강남 갔던 제비들이 돌아와 어지럽던 날
두 마지기 다랑논 다 갈고 나선
이마에 송골송골 맺힌 땀방울을 닦으시는데
곰방대 끝의 담배 연기도 졸립게 피어오르고 있다

샘가에 미나리도 몇 줌 뜯고,
죽순도 몇 대 꺾고,
점심 차롱착엔
멍석딸기도 반 그릇 정도 따 놓으신다

스무 살 넘은, 늙은 밭갈쇠 질마 위에
얹어진 쟁기는
해질녘 신작로 길가에서 뚜벅뚜벅
발걸음 옮기는 소의 발 박자에 맞춰
쟁기 손잡이도 덩달아 뚜벅뚜벅

흘러내린 갈중이 바지
풀어헤쳐진 적삼 사이로
살짝 내민 배꼽에
한 손에 들린 윤노리 지팡이
마중하러 달려 나온 손자의 등을 감싸시는
쇠스랑 같은 손마디엔
손주 사랑
할아버지에 대한 연민이
대를 타고 포근히 흐르고 있었다

어머니, 당신을 성묘하며

어머니!
당신께서 누워 계시는 그곳에선
물레나물 바람개비
노랗게 돌리시며 이 못난 아들
반기고 계시더군요
새팥, 여우콩 넝쿨을 한 움큼 잡아 뜯으며
마흔다섯 해 전 그날을 떠 올립니다
당신께서
붉은 피 한 움큼씩 흘리며
삼키시던 그 신음소리
오늘따라 더 크게 귓가에 쟁쟁합니다
당신의 그 고통을 멎게 할 수만 있다면
손 찔려 아픈 것쯤이야
감각조차도 없이 눈물 질질하며 캐던 그 엉겅퀴도
오늘은 화사한 웃음으로 저를 반겨주더군요
변변한 의원 한 곳 없던 그 촌구석에서

서울의 원자력병원까지 실려가서

방사선도 쪼이고

쥐어뜯던 배앓이는 진통제로 달래다

집에 가 한 달 있으면 낫는다는 의사의 말

그게 사망선고인 줄이야

오늘날만 같았어도 그건 병도 아니라고,

건너 건너 아줌마들이 다 걸렸다 하드만

그 병으로 세상 등졌다는 소문을 들은 바 없으니

시절이 야속하고

당신이 가련하다는 생각이 한없이

오늘따라 이리도 절절히 다가올 줄이야

마흔한 살, 꽃다운 당신을 보내며

그 엄격하던 아버님까지 흘리던 눈물,

그렇게 통곡하던 이모님의 눈물들이

당신께서 누워 계신 곳에서

야고가 억새 가랑이 붙들고 대신하고 있더군요

당신에 대한 그리움과 연민이
삼월 보름날 밀물로 밀려와
가슴 저리게 할 줄이야

고근산

나 태어나 사물을 인식하기도 전에
이미 내 영혼에 들어와 있는 당신

태곳적 하늘이 열리던 날
불덩어리 치솟아
한라산정을 만들고
발치에 산방산과 일출봉 만들어 놓으며
한쪽으로 기울어질까 염려되어
불끈 솟아 중심을 잡으니
당신의 그 균형 감각을
서귀포 사람들은 배웠어요

산남 너른들 한복판에 외로이 버티며
서북풍 치던 날 매서운 칼바람 막아서니
순박하고 착한 사람들 당신 품 자락으로 모여들어
자식 낳고, 그 자식이 또 자식을 낳으며

큰 동네 이루었어요

선문대 할망의 엉덩이처럼
크고 높고 매끄럽게 자리 잡은 당신에게서
그 기상을 배우니
대대손손 큰 사람들 많이 배출하여
산 앞 세상의 중심에서
늘 비켜서지 않고
자랑스런 역사를 쓰고 또 써 왔어요

우도 감국

하늬바람에 밀려오는 해조음도
엷은 샤프심으로
한 줄 새겨 놓고 또 다시 한 줄
그렇게 그리기를 석 달 열흘
지나가던 구름이 그늘 지워
눈인사하면 그 그늘의 사연도 또 한 줄 수로 놓고
길 잃고 지나던 바람 사알짝 흔들며
가벼이 포옹하고 가면 그 사연 또한 노란 색연필로
꽃밥 위에 살짝 얹어 놓는다
늦가을 해님의 서늘한 온기로
살짝 쓰다듬어 주고 가면
그 차가운 기운마저
버리지 못하고 저며 놓는다
바닷가 한가득 늘어진
매끌매끌 몽돌의 전설들은
뿌리 깊숙한 곳에 보관하고

밤이면 하늘 한가득 별들의 두런거림
그윽한 향기로 간직하니
이렇게 모이고 모인 사연들 머금고
비와사 폭포 아래 수줍게 피어나
우도 섬의 고운 비밀로 거듭나니
그 전설이 궁금한 초록별이 밤마다 찾아들 때면
비와사 마을의 전설 한 꼭지 한 꼭지 풀려나가더라
초록별은 다음 얘기가 궁금하여
밤이 되길 기다리며
낮엔 매일 사무친 눈물짓다가
밤만 되면
노란 웃음 한가득
당신 주위를 맴돌며 떠날 줄 모르더라

유채꽃

철도 아닌데
웬 노랑나비들이
이리도 어지럽게 날아들었나
향기에 취하고
초록에 잡혀
우듬지에서 곡예하듯
절기도 거꾸로 매달려 졸고 있지 않은가
벌써 열매를 맺고
또 나비가 되어
날개 접고 앉은 품에서
처음 찾는 나그네의 뇌세포를 흔들어 놓으니
마구 혼란스러워 정리할 수가 없다
제주의 정월은 저물 줄도 모르는가

휘파람새는 울고 있었지

교오오…… 교오옥, 휘이 휘어 이익 삐쭉삐쭉
봄이 와요, 봄이 와
울안에서 한창 맛 들어 가는 하귤의 새콤한 향기 너머로

교오오…… 교오오옥
제주 경기 활성화시킨다나
외국인도 땅을 살 수 있다고 하니 갑자기 땅값이 서너 배
뛴다
땅 가진 제주 사람들 신바람 났네
내놓는 땅이란 땅은 족족 팔려나가니
매물이 없어 안달이라

교오오…… 교오옥, 휘이 휘어 이익 삐쭉삐쭉
6백 년, 6천 년
선조들이 살아온 땅이
돈에 팔려가네 중국인들한테

교오오…… 교오오옥
중산간이 헐려 나가고
한라산 허리, 허리가 누더기 되네
나오기 무섭게 야금야금 집어삼키며 헐고, 찢고, 발리니
성한 곳이 어드메냐

교오오…… 교오옥, 휘이 휘어 이익 삐쭉삐쭉
땅값 많이 받아 흥청망청 어절시구 저절시구
이 담에 돈을 많이 벌어 사들이면 될 걸 뭘 걱정인가
띵호아, 띵호아

교오오…… 교오오옥
한 번 팔려나간 땅
사들인 자들 무엇이 아쉬워 되팔겠나
열 배의 돈을 내놓는다면 사들일 수 있을까

교오오…… 교오옥, 휘이 휘어 이익 삐쭉삐쭉
그들이 지어 놓은 호텔에서
청소나 하고 가방이나 날라주면 어떤가, 취업이 된다는
데……

교오오…… 교오오옥
제주 강정 해군기지에 어떤 배들이 들어오든
한라 산록이 누구 손에 넘어가든
신자유주의가 좋고 에프티에이도 좋다

교오오…… 교오옥, 휘이 휘어 이익 삐쭉삐쭉
오늘 내가 배부르고 등 따스운데 뭘 그리 걱정인가
똘똘한 위정자들이 알아서 잘 이끌 텐데
하루하루 입에 풀칠하기 바쁜 우리 같은 범부들이야

구럼비가 무너져 내린다

구럼비 너럭바위가 폭약에 무너져 내린다
순박한 사람들 조상 대대로
정화수 긷던 용천수 바위를
장로 대통령이 기어이 부수어 버리란다

그 많던 구럼비나무도 다 죽이고
말똥성게도 다 죽이고
강정 혼마저 다 죽인다

도의회 의장, 도지사의 호소도 아랑곳없다
제주 섬것들이 사람이냐
못 들은 척 밀어붙이면 그만이지

이제 구럼비에
커다란 항공모함도 들락거리고
잠수함도, 크루즈함도

바다에는 기름때가 둥둥 떠다니고
미역, 톳, 소라, 보말, 성게……
이 많은 생명들 다 죽는다

머지않아 양키 코쟁이들 들락거리면
거기에 따라 붙는 양공주들
대낮에도 양주 병 넘쳐나고
옷은 입었는지 벗었는지 다 풀어헤치고
코를 찌르는 향수 냄새
코쟁이 하나씩 끼고 거리를 활보하니
라스베이거스인지, 제주 갯마을인지

제5부

핵 없는 세상을 향한 꿈

프리피야트 이야기

그냥 모른 척 지나쳐도 되는데
기어이 그 날을 부모님 기일 챙기듯
30년 전 일을 떠올리며 다가간다
머나먼 나라, 태어나기도 전에 있었던 일
주저리주저리 적어 놓은 홍보물 쪼가리가
구름 사이로 스쳐가는 가을볕만큼의 정이라도 있겠냐만
얼굴 한 번 본 적 없는 고조할머니 기일 챙기듯
백만 사람이 죽어갔다는 말이
나하고 무슨 상관이란 말이오
귀신 씨 나락 까먹는 케케묵은 냄새나는 얘기
아직도 병상에 누워 신음하는 사람들 얘기며
헬리콥터를 몰고 뻥 뚫린 핵발전소 상공에서 맨몸으로
시멘트 자루 내던지기를 수십 번
그러다 속절없이 죽어간 군인들의 얘기
핵발전소 지하를 뚫고 들어가
핵 마그마를 끌어내던 광부들 얘기가

대체 나하고 무슨 상관이란 말이오
실체도 없는 국가
소비에트연방이 도대체 나에겐 무엇이란 말이오
내 뜻과 상관없이 나를 옭아매고 끌고 가는데
힘없는 내가 버틸 수나 있단 말이오
돈 몇 푼 쥐어주고
영웅 칭호 붙여주며
애국이라는 논리로 훈장을 달아준다만
그게 누구의 국가이며 누구를 위한 애국인지 알 수가 없다
오직 죽지 못해 끌려가고
선전의 도구가 되고
이데올로기가 되어
내 혼이 빠져버린 육신을 지긋이 바라보며
쓴웃음 흘리다
그렇게 쓸쓸히 죽어갈 뿐이다
집단 세뇌와 최면에 걸려버린 세상에서

그게 사회 권력이든 자본 권력이든

거기에 나는 없다

양치기 소년들의 나라에서는

후쿠시마가 녹아내린다
아직도 여전히
세상 씨 말릴 저 불덩이를 어찌 한단 말인가

태평양 바다를 수년 내에 다 오염시킨단다
도오쿄오가 울고 있다
방사능 공기 들이마시고
방사능 물 마셔야 한다
쌀도, 채소도, 버섯도, 쇠고기도
일본 땅 칠할이 방사능으로 덮였단다
갑상선암, 유방암, 위암, 간암, 혈액암……
암이 창궐한다
불임, 유산
태어나도 소아암, 기형아
아이들 울음소리 잦아든다
후쿠시마 학생들 갑상선암이 58배 늘었단다

일본 역사가 절단 나고 있다
일본이 망하고 있다
무서워서 핵발전소 모두 멈추었다
그래도 전기는 들어오고 공장도 돌아간다
그러나 그건 일본일 뿐

밀양도 울고 있다
수도권으로 가는 핵발전 송전탑 막다가
할아버지가 분신하고
할머니도 촛불을 들었다.
고리 핵발전소 냉각수 발전기가 멈춘 것도 숨기고
울진 핵발전소는 또 고장이 나고
경주 방폐장에는 지하수가 스며든다
이 지역에도 암이 유행한다고 한다
방귀가 너무 잦다
그러나 그건 그 지역 이야기일 뿐

한 방이면 다 잿더미가 된다 해도
냉난방기 빵빵 돌아가고
태평성대 좋을시구
오늘도 한반도는 안녕하다
대한민국에선 핵도 양치기 소년 이야기일 뿐

* 위 시는 '초록교육연대' 소식지 '초록교육'의 여는 시로 실린 것입니다.

봄은 오고 있건만

핵 없는 세상을 향한 염원을 안고
남도 길을 걷고 또 걸어
영산강을 넘고 섬진강을 건너 드디어 낙동강까지
가고 오는 길에 만나는 사람들

조그만 트럭에 납품할 문건들 싣고 내리는 사람들
남루한 옷차림에 길거리 모퉁이에 앉아 초점 잃고 조는 해를 안고 있는 사람들
번드르르한 옷차림에 짙은 화장으로 살결의 윤기마저 넘쳐나는 유한마담들
뭐가 그리 좋은지 철없이 깔깔거리며 재잘거리는 학생들
옷가게 아가씨, 과일 노점 아저씨, 시장통에서 채소전 벌이고 졸고 있는 할머니들
찾아온 점심 손님들을 위해
반찬, 술 심부름에 화장실 갈 틈도 없는 식당 종업원들
'탈핵 희망 전국 도보 순례단'과 이삼백 미터 거리를 두고

계속 경계를 늦추지 않으며 쫓아다니는 정보과 형사들

다들 나름의 사연들을 안고
오늘도 먹고 살기 위하여
자신과 사회에 대한 나름의 고만고만한 생존 투쟁들을 하고 있는 것이다
이런 고단한 삶, 투쟁의 현장 속으로
바람같이 내달리며 종이 한 장 쥐어주며
"수명 다한 핵발전소 폐쇄해야 합니다. 읽어보시죠"
누가 오라고 부르지도 않았는데
연차까지 내면서 달려와
안 걷던 걸음 한나절 걷고 나니 도저히 더 걸을 수 없다며
무거운 발걸음 돌리는 중년 여성의 절박함은 어디에서 연유하며
서울에서 왔다갔다 차비만 해도 이십여만 원 깨질 텐데
탈핵 순례길을 들락거리는 교수님의 절박함은 어디에서

연유하는가

모두 한 하늘 아래
내가 들이쉬고 뱉은 것을
이웃은 그것을 다시 들이쉬고 뱉으며 하루하루 같이 살
아가는 존재들
함께 살아갈 수밖에 없는 운명 공동체이건만
내가 옳고, 네가 그르다고 빡빡 우기다 이제는
생존을 위한 대의명제 앞에서도
인위적으로 그어놓은 강줄기에 따른 행정구역 경계가
너는 위험하고 나는 안전하단다

한심한 인간들의 해괴한 논리를 비웃기라도 하듯
홍매와 옥매는 계절의 순리를 깨지 않고 올해도 찾아온다
핵발전소 주변 주민들 암 진단율이야 타 지역보다 세 배
가 높다지만

그건 인간들의 일인 양 외면하면서
세숩비 맞으면서도 올해도 어김없이 찾아온다
소량이니까 괜찮다며
사람들은 그 꽃들을 보면서 스스로를 달래고 있다

세상이 어떻게 뒤집어져도 때가 되면 봄은 오고
세상은 다 순리대로 돌아갈 것이라는 명제에 집착하며

탈핵 공청회의 삼척 사람들

세상 사람들이 다 귀 막고
세상 사람들이 다 눈 감았는데
미쳤지, 미쳤어
누가 큰돈을 싸 주는 것도 아니고
누가 그 일을 한다고 알아주는 것도 아니고
누가 강제하지도 않았는데……
의롭지 않아서 좇을 수 없고
나와 우리의 생존을 위한 길이기에
비록 질시와 비웃음이 넘쳐날지라도
나는 간다
우리 선배들이 걸어왔던 반핵의 역사를 잇기 위하여
나는 가는 것이다
이 길이 나의 길이며
우리 아이들의 살아갈 길이기에
그 길 위에서
때론 분해서 울고

때론 기쁜 마음으로
그렇게 가고자 하는 세상의 끝이
오늘은 비록 보이지 않을지라도
저린 발 동동 구르며
천 리 삼 척 길 박차고 나는 간다
실낱 같은 틈새라도 뚫려
물줄기 뿜어 나올 기미만 보여도
밥풀질 하고 또 하며
꼭꼭 저미어 틀어막는 거다
우리의 우직한 몸짓이 우스꽝스럽다 할지라도
비록 단상에 올라 앉아
내 뜻을 토해낼 논리는 궁할지라도
내 마음이 이끌리는 곳을 향한
다섯 살 아이의 떨리는 마음으로
오늘도 기꺼이 나는 간다

초록 눈이 내리는 세상을 꿈꾼다

초록 눈이 내리는 세상은 어떨까

세상의 더럽고 칙칙한 모든 것들
이 시간만큼은 다 덮어버린 2013년 새해 아침,
하얀 세상이 되었다

산성비 뒤집어쓰고 말라 죽은 나뭇가지에도
매연가스 쏟아내는 공장 굴뚝에도
자동차 배기구에도
길 뚫고 허옇게 속살 드러낸 절개지에도
더운 바닷물 쏟아내는 핵발전소 배수구에도

원전 플랜트 수출하여 돈만 벌면 그만이라는
자본가들 마음에도
그와 짝짜꿍하며 떡고물 챙기려는
핵 마피아들의 마음속에도

2013년 새해에는
하얀 눈이 아닌 초록 눈이 소복소복 쌓이는 꿈을 꾼다

어떤 나라에서는

수양제는 대운하를 파기 위해
수백만 백성을 동원하여 눈물, 핏물, 골육까지 쥐어짜고
거기에 4층 전각의 호화 유람선을 띄우더니
그 백성들 원한의 눈물이 홍수되어
제국을 대운하 바닥에다 처박았다지

어떤 나라에서는
한 술 더 떠
이미 있는 습지는
보를 막고 둑을 쌓는데 장애물이라 밀어버리고
그 나마 생태복원이란 명분은 있어야 하는지
흑두루미, 고니 등을 끔찍이 생각한답시고
훨씬 안락하고 쾌적한 습지를 만들어 바친다

새들이 웃었다
새를 사람으로 아는 새 같은 정책을 비웃으며

한 말씀하셨다
어찌 내 머리만도 못한 인간들이
정책이랍시고……
너희들이 나를 알긴 알아?

안녕, 낙동강
웰 캄 투 이즈미

| 해설 |

떠나라, 다시 돌아올 그곳을 향한 힘찬 발걸음으로

김민곤(시인, 전직 교사)

1. 교사, 김광철

내가 지금부터 이야기하려는 김광철은 시인이기 이전에 교사다. 8월에 정년을 맞이하는 초등학교 평교사다. 1975년부터 교단에 섰으니 교직 경력 40년이 넘었다. 그는 어떤 마음의 자세로 이 긴 세월을 보냈기에 흔히 초등 남교사들이 자아실현의 목표로 삼는 교장 자리 하나 꿰차지 못했을까? 사람을 잘못 만났나? 능력이 부족했나? 아니면 아예 그 길이 안중에 없었나?

첫 학교(서울 문창초)에서 김광철은 평생 친구로, 동지로 살아 온 정기훈 · 이주영 선생을 만났다. 같은 집에서 하숙을 하고 소년단 지도교사도 하고 산천경개 찾아 놀러 다니면서 정이 듬뿍 들었다. 박정희 유신체제의 폭압이 온 나라를 '겨울 공화국'으로 만들었던 시절, 이 젊은 교사들은 어린이들을 위한 올바른 교육 실천을 모색하는 한편, 시국 토론도 하며 세상을 고민하기도 하였다.

제주도 촌놈인 내가
그와 서울문창초등학교에서 만나 선생질하며
같은 학년도 하고
같이 하숙을 하며 보낸 날이 그 얼마이던가
인연도 이런 인연이 있을까
전생에 그와 나는 엄청난 웬수였나 보다
맨날 자정을 전후하여 담 넘어 들어오길 밥 먹듯 하던 이주영
백범사상연구소로 양서협동조합으로 어린이도서연구회
로……
어디를 쏘다니는지 다 알지도 못한다
뭔가를 하고 있지만 묻고 싶지도 않았고
잘 알려주지도 않았다
박정희의 유신독재가 시퍼렇던 날
뭔가 작당을 하는 모양인데
그런 그를 경계 반, 두려움 반으로 대했다

– 「이주영 선생」 부분, 시집 『애기똥풀』에서

1970년대 중반에는 초등 학령 인구의 폭증으로 서울 변두리 학교의 교육 환경은 지옥과 같았다. 한 학급 학생수가 80명을 넘었고 2부제 수업에 전체 학생수가 5, 6천 명이 넘는 학교도 부지기수였다. 이런 상황이다 보니 학교마다 젊은 교사들이 많았다. 김광철은 이주영 등과 함께 만든 청년 교사 모임 '한빛'을 함께하며, 그의 활동을 경외심을 갖고 지켜보다가 '나도 모르는 사이 / 한 발, 두 발 그에게 끌려갔'다. 하지만 1980년대 초 YMCA초등교사회, 글쓰기회 등을 중심으로 초등 교사들이 모임을 키워나갈 때도 김광철은 '조마조마하며 이주영을 따라 나섰지만 / 늘 뒷전에서 한 발은 빼고 있었다.'

교사 김광철이 이런 조마조마함을 벗어던지고 세상에 얼굴을 내민 것은 1991년 5월이었다. 그는 1989년 5월 28일 전국교직원노동조합이 결성되고 노태우 정권이 인륜을 극한 조합원 탈퇴 공작이 시작되었을 때 탈퇴각서를 냈다. 그 과정에서 겪은 번민과 고통을 그의 시를 통해 확인해 본다.

이승만, 박정희, 전두환, 노태우로
이어지는 반공, 군사독재 이 나라 역사에서
암, 노조는 빨갱이지
더더구나 교사가 노조를 한다는 건 상상도 할 수 없었지

(중략)

빨갱이가 이 남녘땅에 발붙이고 살 수가 없었지

정적들을 제거할 때도 죄다 빨간 물 들여 제거하던 시절인데

그 빨갱이가 얼마나 무서운 건데

(중략)

한 여선생님을 표적 삼아

그가 하던 교육 방식에 전부 빨간색을 칠해

연일 색깔 공세로 나팔을 불며

그 중에 앞장서서 선동하는 교사들

교협에서 만났던 후배들 눈칫밥에

차마 한겨레신문에 명단 공개 외면할 수 없어

전교조라고 명단 공개를 해놓고 나니

밀려오는 공포

한 치 앞도 보이지 않는 안개 속을 누굴 믿고

무엇을 위해서 나선단 말인가

교장의 엄포

파면, 해임, 구속 소리에 가슴은 콩알만 해져

겁 많은 시골뜨기 순진둥이 선생이 배겨날 용기가 있겠나

떠오르는 마누라 얼굴이며, 시골 부모님, 처갓집 어른들……

시계 제로의 앞날을 생각하니

부들부들 떨리는 마음을 무슨 배짱으로 붙든단 말인가

아니다, 아니야! 나는 아니야

기세 좋던 교사협의회 시절의 기백은 다 어딜 가고 이내 깨갱

그렇게 해서 떨리는 손으로 써준 그놈의 각서 한 장이

내 맘을 천근만근 누르리라곤 상상도 할 수 없었지

(중략)

하루하루가 송곳 꽂힌 방을 디디고 서 있는 기분이다

미쳐버릴 것만 같다

(하략)

-「전교조, 나의 길」, 시집『애기똥풀』에서

미쳐버릴 것 같은 내면의 고통을 견딜 수 없어 그는 다시 드러낼 수 없는 전교조 '비밀 조합원'이 되어 동료 해직교사들을 위해 후원금을 모으고 몰래 〈전교조신문〉도 돌리고 하다가 결국 1991년 서울지부 초등지회 부지회장까지 맡게 된다. 꽁꽁 언 땅 속에서 숨죽여 마음 졸이던 여린 심성이 강건하고 지혜로운 투사로 깨어나는 순간이 마침내 왔던 것이다.

누구나 쉽게 알아봐 주지도 않는 비탈에서

다가올 봄을 그리며

꽁꽁 얼어붙은 땅 속에서도

숨죽여

마음 졸이며
살아온 인고의 세월에 대한 덕일까

그대!
따스한 햇살 내리쪼이는 졸참나무 아래
오롯이 피어 세상을 밝히누나
지난 겨울은 몹시도 추웠지요?
하지만 환희의 이 날을 그리며
참고 또 참으며 살아왔어라

호사다마런가
심술궂은 봄눈이 한바탕 휩쓸고 지나간다
여리디여린 그 가냘픈 볼 위로
사정없이 후려치는 봄 눈바람의 심술은
가슴의 응어리가 되어 다시 묵묵히 쌓인다
이 차디찬 시련의 세월을 딛고
더욱 강건해야 한다
더욱 지혜로워야 한다
멀리서 작디작은 응원의 함성이
이명처럼 다가오고 있다

-「산자고」 전문

그 해 봄 경찰(백골단)의 명지대 강경대 학생 폭력 치사 사건은 노태우 정권의 폭압에 항거하는 전국 규모의 항쟁으로 이어졌다. 특히 10명이 넘는 시민, 학생들이 분신 투쟁에 나서 우리 사회에 큰 충격을 주었다. 전교조도 이 투쟁에 적극 참여하여 현직 교사들의 시국선언을 조직하기에 이르렀다. 김광철은 '노태우 정권의 퇴진'을 요구하는 기자회견에 참석한 관계로 시국선언 주동자로 몰렸다. 당시 교육부는 다시 선언 무효 각서를 강요하는 치졸한 탄압을 가했다. 남부교육청 초등과장은 선배임을 내세워 '각서만 한 장 쓰면 승진도 책임져 주겠다'고 얼렀다. 김광철은 이번에는 절대 물러설 수 없었다.

"각서! 각서! 그놈의 각서! / 젊은 날 이 각서 노이로제로 위장병을 얻어 / 속은 쓰려오고 / 늘 마음은 좌불안석 / 그렇지만 내가 두 번 죽을 수는 없지 않은가"

결국 그는 "개 끌리듯 교실에서 질질 끌려 나오고 / 교문 문고리 잡고 씨름하다 주저앉기를 한 달/ 그렇게 모질게도 투사의 길로 나섰네 / 참교육을 한다면서 / 민주교육을 한다면서 / 촌지를 안 받고 양심적인 교사가 되겠다면서" 전교조의 길로 들어섰다.

내가 김광철을 만나 알게 된 것도 바로 이즈음이었다. 그가 학교에서 쫓겨나 출근 투쟁을 할 때 전교조 서울지부 부지부장을 맡고 있던 나는 그의 출근 투쟁 지원에 나섰던 것이다. 이 투쟁에는 담임 반 학부모들이 많이 동참해서 그의 교육 실천에 대한 학부모들의 신뢰를 미루어 짐작하게 하였다.

내가 이때부터 조금씩 알게 된 교사 김광철의 교육 실천은 실제로 탁월한 것이었다. 그는 능력이 모자라 교감, 교장이 못 된 것이 아니었다. "아예 배알도 뱃속도 다 빼놓고 온갖 감언이설과 교언영색으로 교장의 비위를 맞추고, 돈, 술, 좋은 것, 맛있는 것 다 갖다 바치고, 이것저것 짜깁기해서 연구논문도 내고 석·박사도 하고, 연구논문 학위논문도 돈 주고 살 수도 있고, 이런 것을 쓰기 위해 아이들 자습도 시킬 수 있고, 근평 점수 잘 받기 위해 돈 보따리 싸들고 교장 찾고, 어느 줄이 더 견고한 줄인지 알아보고 줄을 잘 서고, 아이들이니 참교육이니 하는 말들은 입에나 달고 다니는 장신구에 불과하고 오직 학교 권력을 장악하여 선생 놈들 굽신거리는 꼴 보는 꿈꾸며, 오늘 이 비굴함쯤은 통과 의례로 여기고 참아내야" 갈 수 있는 승진의 길은 애당초 그의 길이 아니었다.

김광철은 '어린이들을 경외심으로 수용하며, 사랑으로 교육하고, 자유롭게 한다(루돌프 슈타이너)'를 교육 실천의 기본

원리로 삼고 혼신의 힘을 다해 평교사로 살아왔다. 나는 작년에 펴낸 그의 저서 『교실 속 생태환경 이야기』를 읽고 이런 찬사를 그에게 바쳤다. "우리는 좋은 교육이론과 교육실천을 찾아 더 이상 외국 학교를 기웃거릴 필요가 없다. 여기 우리나라에 김광철이 있다!"

정년을 앞둔 그가 교사로서 마지막 혼을 불태우고 있는 학교는 서울형 혁신학교 신은초등학교이다. 그가 그리는 학교는 그다지 거창하지 않다. 오히려 오이소박이처럼 소박하다.

㉮ 아이들, 교사, 학부모들 3주체가 정치되어 주체별 위상이 존중되고, 주체들 간의 소통과 협력, 공감을 바탕으로 거버넌스를 구축하여 협치가 이루어지는 학교

㉯ 교장, 교감, 행정실장, 직원은 이 주인들을 받들어 모시는 도우미, 큰 심부름꾼인 학교

㉰ 교장은 작은 방에서 검소한 생활의 모범을 보이고, 교실의 교수 · 학습 활동에도 참여하는 학교

㉱ 아이들이 살아갈 20, 30년을 내다보며 교육이 이루어지는 학교

㉲ 생태, 민주, 인권, 평화, 통일, 노동, 복지, 문화의 가치가 존중되는 '지속 가능한 미래 교육'의 배움터

㉥ 학생, 교사의 자치 활동이 활발하고 모든 결정이 토론을 통해 민주적으로 이루어지는 학교

㉦ 배우고 가르치는 일을 최우선으로 하고 그 밖의 일은 최소화하는 학교

㉧ 학교 예산, 인사, 학사, 상벌도 교장의 독단 없이 공명정대하게 처리하는 학교

㉨ 아무도 학생과 교사 위에 군림할 수 없는 학교

㉩ 아이들에게 질 높은 교육을 하기 위해 교사들이 자발적으로 헌신하는 학교

㉪ 교사들이 아이들과 학부모들에게 친절하고 권위를 내려놓는 배움의 공동체

㉫ 형, 아우가 함께 배움을 일으키는, 왕따는 없고 오직 존중과 배려와 소통만 있는 학교

㉬ 생태 감성이 숨쉬고 노작교육이 이루어지는 초록 학교

㉭ 내 아이 네 아이 구분하지 않는, 구성원이 모두 행복한 학교

2. 녹색활동가, 김광철

주말에 김광철을 만나려면 매주 토요일 2시 광화문 충무공

동상 앞에 나가거나 5시쯤 인사동 골목 북쪽 광장에 가보시라. 그는 틀림없이 앞뒤 몸자보를 입고 휴대용 확성기를 들고 작은 순례사 대오에 앞장서서 "핵발전소 폐지!" 이따금 외국인이 보이면 영어로 "No Nukes!"를 외치고 있을 것이다.

초록교육연대 상임대표를 맡고 있는 그는 요즈음 '탈핵 서울 순례단'을 이끌고 토요일마다 서울 중심가를 행진한다. 핵발전의 위험성을 알리고 그 폐기를 내년 대통령 선거 후보 중에 공약으로 들고 나오도록 여론을 불러일으키려는 것이 단기 목표다. 그는 지금 미미하기 짝이 없는 이 순례 행진단이 가까운 미래에 서울의 여러 부도심에서 시작하여 서울광장으로 대거 모여들 날을 꿈꾸고 있다.

후쿠시마가 녹아내린다
아직도 여전히
세상 씨 말릴 저 불덩이를 어찌 한단 말인가
태평양 바다를 수년 내에 다 오염시킨단다
도오쿄오가 울고 있다
방사능 공기 들이마시고
방사능 물 마셔야 한다
쌀도, 채소도, 버섯도, 쇠고기도
일본 땅 칠할이 방사능으로 덮였단다

갑상선암, 유방암, 위암, 간암, 혈액암……
암이 창궐한다
불임, 유산
태어나도 소아암, 기형아
아이들 울음소리 잦아든다.
후쿠시마 학생들 갑상선암이 58배 늘었단다
일본 역사가 절단 나고 있다
일본이 망하고 있다.
무서워서 핵발전소 모두 멈추었다
그래도 전기는 들어오고 공장도 돌아간다.
그러나 그건 일본일 뿐

밀양도 울고 있다
수도권으로 가는 핵발전 송전탑 막다가
할아버지가 분신하고
할머니도 촛불을 들었다.
고리 핵발전소 냉각수 발전기가 멈춘 것도 숨기고
울진 핵발전소는 또 고장이 나고
경주 방폐장에는 지하수가 스며든다.
이 지역에도 암이 유행한다고 한다
방귀가 너무 잦다.

그러나 그건 그 지역 이야기일 뿐

한 방이면 다 잿디미가 된다 해도
냉난방기 빵빵 돌아가고
태평성대 좋을시구
오늘도 한반도는 안녕하다.
대한민국에선 핵도 양치기 소년 이야기일 뿐

-「양치기 소년들의 나라에서는」 전문

2011년 후쿠시마 원전 폭발 사고 이후 전 지구 차원의 핵발전 반대 운동이 일어나고 있는 상황에서 우리나라에는 올해 오랜 반핵 운동에 힘입어 처음으로 고리원전 1호기를 폐쇄하기로 했다. 핵발전 폐기를 공표한 나라가 있는 지금, 우리나라는 25기(전체 전력생산량의 26~29%)가 가동 중이고 2021년까지 4기를 더 건설한다. 이런 현실과 전망은 우리나라의 미래를 매우 어둡게 한다. 드리마일, 체르노빌, 후쿠시마 사태가 보여주었듯이 핵발전소는 그 자체가 거대한 핵폭발물이다. 그리고 사용 후 연료봉 처리나 발전소를 포함한 핵폐기물 처리는 인류에게 감당할 수 없는 재앙임이 확인되고 있다. 우리나라의 경우 지금 저준위 핵폐기물 처리장 하나를 겨우 경주에 만들어 놓았을 뿐 고준위 폐기물 처리 기술과 방법을 찾지 못하여 그냥 발전소에 쌓아두고 있는 실정이다. 그것조차 거의 포화 상태에 가깝다고 한다. 핵발전소 사고는 아무도 예상치 못한 상태에서 일어났다. 따라서 앞으로도 어느 나라 어느 지역 핵발전소에서 대형 사고가 터질지는 아무도 모른다. 지금 동아시아는 핵발전소 밀도가 가장 높은 지역이다. 후쿠시마 핵발전소 폭발 사고로 일본의 상당 부분이 폐허로 변했다. 지금도 공기 중으로 방사능 물질이 확산하고 태평양 바닷물 속으로 얼마나 많은 방사능 물질이 빠져나가고 있는지 아무도 모르고 있다. 만약 중국의 동해안에 밀집한 핵발전소가 터지거나 우리나라 핵발전소가 하나라도 터지면 한반도는 돌이킬 수 없는 폐허로 변한다. 이런 묵시록적인 위험을 안고도 우리는 날마다 밥을 먹고 사랑을 하고 편한 잠에 빠져들고 내 아이의 행복한 미래를 위해 경쟁한다. 강심장이 따로 없다. 설마 내 살아 있을 동안 그런 사고가 터지겠느냐, 터지면 죽으면 그만이지 뭐. 핵폐기물? 내 죽고 나서 노아의 홍수가 터지든 말든 무슨 상관이야! 무신론자들의 염불 타령이다.

김광철의 탈핵 순례 실천은 대중의 이런 무신경 무감각한 몸과 마음에 피가 돌고 신경이 살아나도록 하기 위한 몸부림이다. 왜 이런 몸부림을 치는 것일까? 그것은 교사로서 아이들의 교육 실천에 헌신한 까닭과 다르지 않다. 우리가 태어나 살

다가 갈 이 땅을 다음 세대가 이어 안전하고 행복하게 살다 가도록 채비하는 것은 윤리 중의 윤리요 도덕 중의 도덕이다. 다른 존재의 고통을 나의 것으로 받아들이는 공감 능력이고 차원 높은 감수성이다. 탈핵에너지 운동을 비롯한 환경 생태 운동의 궁극 목표는 자연의 일부로서 인간이 시공의 한계 안에서 통시적으로나 공시적으로 존재의 조건을 안전하게 확보하는 것이 되겠다.

김광철이 환경, 생태, 녹색운동에 관심을 갖게 된 것은 해직교사 시절이던 1993년 서울 초등 전교조 조합원들이 중심이 되어 만든 서울 초등 환경 교사 모임 '흙바람'의 초대 회장을 맡고나서부터이다. '흙바람'은 아예 경기도 가평군 가락재에 건물과 텃밭을 빌려 교사와 아이들이 농사를 지으면서 생태 체험, 자연 탐사 활동도 하는 터전이 되었다. 1994년 3월에 전교조 해직교사들과 함께 복직한 그는 이듬해 띄운 '환경을 생각하는 전국교사모임(환생교)'의 창립 회원이 되었다. 환생교 활동을 통하여 그는 우리나라의 풀과 나무, 물고기, 새, 곤충, 갯벌 생물 등을 본격적으로 공부하게 되었고, 이것을 교실로 가져와 아이들 학습 활동에 연계하였다.

2004~5년 '환경과생명을지키는전국교사모임' 회장을 맡은 그는 전국에서 일어난 굵직굵직한 환경 운동에 동참했다. 천

성산 터널 반대 운동, 새만금 매립 반대 운동, 골프장 확산 반대 운동, 명지대교 건설 반대를 위해 동료 교사들과 동조 단식, 집회 참가, 서명 운동, 거리 선전, 공동 수업 등 다양한 방식의 운동을 펼쳤다. 성과는 미미하고 좌절감은 컸다. 하지만 그는 이 길을 포기할 수 없다. '나마저도 포기하면 누가 이런 일에 발 벗고 나서겠는가?'라는 생각이 그의 등을 떠민다.

김광철은 교사들만의 조직을 통한 환경 교육의 한계를 극복하고자 2006년 12월 교사, 교수, 시민운동가, 학부모, 학생 등과 함께 '초록교육연대'를 창립하고 환경 교육 운동의 외연을 더 넓히고자 노력하고 있다. 창립 이후에 10년 동안 공동대표, 상임대표 등을 역임하면서 앞장서고 있다.

이런 바깥에서의 활동은 물론이고 학교로 돌아와서는 학교에서의 초록 운동의 지평을 넓히기 위하여 발 벗고 나선다. 그는 '들꽃 피는 교실' 속에서 아이들과 만나고 학부모, 교사 '초록동아리'를 조직하여 '지속 가능한 미래 교육'을 위한 가치를 나누고 있다. 이 같은 그의 행동은 "오늘 지구에 종말이 오더라도 한 그루 사과나무를 심겠다"는 서로가 기대어 존재하는 관계망과 삶의 영원성에 대한 무한 긍정의 세계관에서 나오는 보살행이라 하겠다.

우리 식물 이름을 들여다보고 있노라면

해학도 그런 해학이 없다

개불알풀, 도둑놈의갈고리, 며느리밑씻개……

여기에 사위질빵과 할미밀빵까지

–「사위질빵」 부분

사위질빵, 할미밀빵이라니! 이게 무슨 키르기스스탄 빵 이름인가? 나도 김광철이 안내하는 자연 탐사 활동에 참여한 적이 있는데, 그는 요즈음 휴대전화 문화에서 유행하는 '모야모'의 숨은 고수처럼 풀이나 꽃 이름을 모르는 것이 없을 정도였다. 실제로 그의 첫 시집 『애기똥풀』을 읽어나가다 보면 그동안 닦은 실력을 유감없이 발휘한 증거들을 만날 수 있다. 그의 탐구 정신과 집중력은 나이가 든 지금도 약해지지 않아 혹시 외국 여행이라도 가면 그곳에서 발견한 새로운 품종을 관찰하고 촬영하느라 일행을 잃고 헤매기도 한다.

보통 사람들이 돈이나 재산, 지위와 명예를 탐하는 세상에서 김광철은 어머니 지구가 햇빛과 바람, 물의 기운을 빌어 길러내는 무수한 생명에 따뜻한 눈길을 보내고 가슴에 품어 안는다. 그의 시가 도달한 성취 수준이 어떠하든지 간에 그가 지닌 이런 감수성이야말로 가장 예민한 시적 감수성이 아니고 무엇이겠나 싶다.

3. 시인, 김광철

시인의 자질은 타고나는가, 길러지는가? "주위에서 새로운 것을 발견하고, 아름다움을 느끼고, 참다 참다 참을 수 없는 말을 글로 토해내는(이오덕)" 순간 누구나 시인이 될 수 있다지만, 시적 감수성은 예술적 감수성의 하나로서 다분히 타고나는 측면이 없지 않다. 김광철 시인은 학창 시절 띠 동갑 사촌 형님인 김광협 시인(1965년 시 「강설기」로 동아일보 신춘문예 당선)을 보고 자란 것을 자랑스럽게 생각한다. 집안에 시의 유전자가 흐르고 있다는 것을 은근히 내보이고 싶은 마음이 없지 않았겠지. 서귀포 천지연에 가 보라. 그 입구에 커다란 시비가 세워져 있다. 김광협 시인을 추모하는 서귀포 사람들이 「유자꽃 피는 마을」 시비를 세워놓은 것이다. 그뿐이랴? 고향 사람들은 얼마 전 서귀포시 호근마을에 김광협 시인의 시비(「수선화」)를 세워 '서정시로 고향 사랑을 노래하다가 불같은 인생을 살다간' 시인의 문학적 업적을 기렸다. 예언자가 고향에서 인정을 받은 셈이니 큰 영광이겠으나 막상 시인은 너무 일찍 이어도 너머로 떠났다. 사촌 형제 시인은 인중 아래 야무지게 다문 합죽한 입과 턱이 닮아 있으니 공유한 언어 예술 유전자의 존재를 인정받을 수 있겠다.

스스로 평가하듯이 김광철의 시가 일견 "세련된 문체나 은

유도 부족하고 맞바로 내지른 말이 많고, 언어도 거칠고, 주제 표현도 격문에 가까운 것들이 대부분"이라고 볼 수도 있겠으나 그 안에 "미사여구로 감흥을 전달하기보다는 비록 거칠지라도 내 마음을 명료하게 전달"하려는 의지 하나는 팽팽하게 들어차 있다. 그의 분노는 때때로 이렇게 나타난다.

구럼비 너럭바위가 폭약에 무너져 내린다
순박한 사람들 조상 대대로
정화수 긷던 용천수 바위를
장로 대통령이 기어이 부수어 버리란다

그 많던 구럼비 나무도 다 죽이고
말똥성게도 다 죽이고
강정 혼마저 다 죽인다

도의회 의장, 도지사의 호소도 아랑곳없다
제주 섬 것들이 사람이냐
못 들은 척 밀어붙이면 그만

이제 구럼비에
커다란 항공모함도 들락거리고

잠수함도, 크루즈함도
바다에는 기름때가 둥둥 떠다니고
미역, 톳, 소라, 보말, 성게……
이 많은 생명들 다 죽는다

머지않아 양키 코쟁이들 들락거리면
거기에 따라 붙는 양공주들
대낮에도 양주 병 넘쳐나고
옷은 입었는지 벗었는지 다 풀어헤치고
코를 찌르는 향수 냄새
코쟁이 하나씩 끼고 거리를 활보하니
이곳이 라스베이거스인지, 제주 갯마을인지

-「구럼비가 무너져 내린다」 전문

제주도 출신의 유명 시인이 적지 않겠으나 4·3 항쟁 이후 인륜을 극한 살육의 참상을 직접 겪거나 집안에서 보고 듣고 자란 세대에게 서정시는 어떻게 가능할 수 있었을까? "아우슈비츠 이후 서정시를 쓰는 것은 야만"이라는 아도르노의 말을 홀로코스트 같은 참상 이후 서정시 따위는 쓸 수 없다는 뜻으로 흔히 해석하기도 하지만 이는 오독이라고 한다.

노래하지 말아라 오월을
바람에 지는 풀잎으로 '바람'은
학살의 야만과 야수의 발톱에는 어울리지 않는 말이다
노래하지 말아라 오월을
바람에 일어나는 풀잎으로 '풀잎'은
피의 전투와 죽음의 저항에는 어울리지 않는 말이다
학살과 저항 사이에는
바리케이트의 이편과 저편 사이에는
서정이 들어설 자리가 없다 자격도 없다
적어도 적어도 오월의 광주에는!

- 김남주, 「바람에 지는 풀잎으로 오월을 노래하지 말아라」 부분

김남주 시인의 명령에도 불구하고 우리는 '오월 광주' 이후 태어난 수많은 바람의 노래, 풀잎의 시, 오월의 절창을 들었다. 그러니까 김남주 시인의 명령은 '오월을 목이 터져라 노래하라'는 호소의 반어법으로 읽어야 맞다.

시인 김광철은 태어나기 직전에 고향 제주가 겪고 아직도 그 뿌리가 온전히 밝혀지지 않은 현대사의 고통을 직접 노래하지는 않았다. 고향에 대한 그의 정서는 한라산 여러 오름처럼 은근하다. 예를 들자면 이런 식이다.

나 태어나 사물을 인식하기도 전에

이미 내 영혼에 들어와 있는 당신

태곳적 하늘이 열리던 날

불덩어리 치솟아

한라산정을 만들고

발치에 산방산과 일출봉 만들어 놓으며

한쪽으로 기울어질까 염려되어

불끈 솟아 중심을 잡으니

당신의 그 균형 감각을

서귀포 사람들은 배웠어요

산남 너른들 한복판에 외로이 버티며

서북풍 치던 날 매서운 칼바람 막아서니

순박하고 착한 사람들 당신 품 자락으로 모여들어

자식 낳고, 그 자식이 또 자식을 낳으며

큰 동네 이루었어요

선문대 할망의 엉덩이처럼

크고 높고 매끄럽게 자리 잡은 당신에게서

그 기상을 배우니

대대손손 큰 사람들 많이 배출하여

산 앞 세상의 중심에서

늘 비켜서지 않고

자랑스런 역사를 쓰고 또 써 왔어요

-「고근산」 전문

4. 제비콩을 심으며

아쉬움인가

미련인가

올해 또 제비콩을 심는다

울타리 밑에

가야 한다

나는 가야 한다

은은한 자줏빛 연정 놓아두고

나는 가야하는 것이다

이천여 눈길 한 곳에 모았던 그 열망

받쳐주고 지탱해 줄

머슴도 이제는 늙어

보내야 하는 것이다

그를 지탱했던 동아줄 붙들 힘이야 없겠냐만

그를 붙들 수 없다

거두어내야 하는 인연의 줄을

애써 태연한 척 외면해야 한다

하여

굳이 울타리 밑에 심는다

그 중 몇 알이라도 살아남아 있다면

또 달리 머슴을 자처하는 사람 나타나겠지

그 꿈을 안고 울타리 밑에

오늘도 제비콩 몇 알을 심어 놓는다

-「제비콩을 심으며」 부분

교사 김광철은 퇴임 후 본격적으로 초록 교육 활동가로 나설 작정을 하고 있다. 시인으로서 그의 작업도 결코 멈추지 않을 것이다. 그의 시는 천지의 기운을 받아 깍지 속 제비콩이 영글어가듯이 한 수 한 수 옹골차게 익어갈 것이다. 이제 아쉬움도 미련도 버리고 훌쩍 떠나시라, 다시 돌아올 그 곳을 향한 힘찬 발걸음으로.